DIE HÖRNERKRONE

UMSCHLAGFARBEN: STEVE HAMAKER
KARTE DES TALS: MARK CRILLEY
HARVESTAR FAMILIENWAPPEN: CHARLES VESS

CARLSEN COMICS
1 2 3 4 08 07 06 05
© Carlsen Verlag GmbH · Hamburg 2004
Aus dem Amerikanischen von Horst Hahn und Fred Fliege
Reprints »BONE™« issues 54 and 55
Copyright © 2004 by Jeff Smith · All rights reserved.
BONE™ and © Jeff Smith · All rights reserved.
Redaktion: Michael Groenewald
Textbearbeitung: Ulrich Prehn
Lettering: Amigo Grafik und Dirk Rehm
Herstellung: Inga Bünning
Druck und buchbinderische Verarbeitung:
Westermann Druck GmbH, Zwickau
Alle deutschen Rechte vorbehalten
Softcover: ISBN 3-551-72446-6
Hardcover: ISBN 3-551-71030-9
Printed in Germany

www.carlsencomics.de

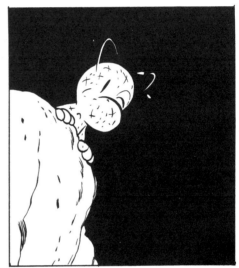

DAS IST SIE.

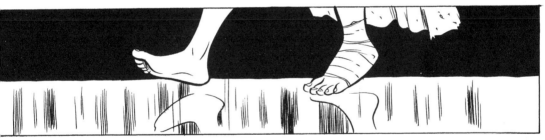

HEEEF-HFFF...

ICH WERDE DICH NICHT TÖTEN.

UM UNSER BEIDER VÖLKER WILLEN, GIB DEN WEG FREI.

TÖTE MICH!

NEIN.

ICH WAR ES, DER DEINE ELTERN GEFRESSEN HAT. ICH HABE DEINE MUTTER VERSCHLUNGEN, ALS SIE NOCH AM LEBEN WAR.

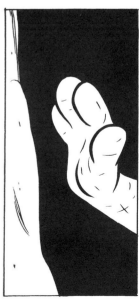

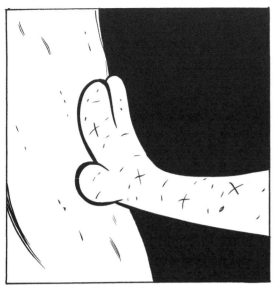

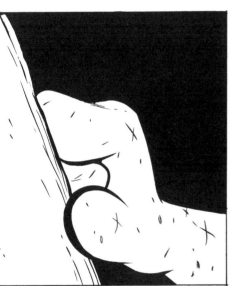

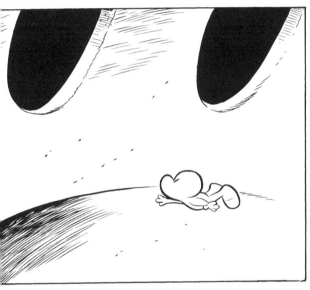

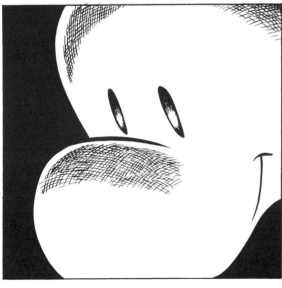
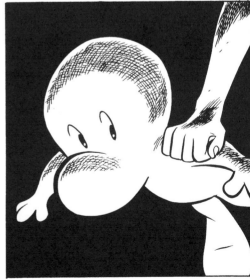

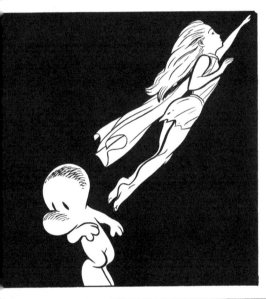

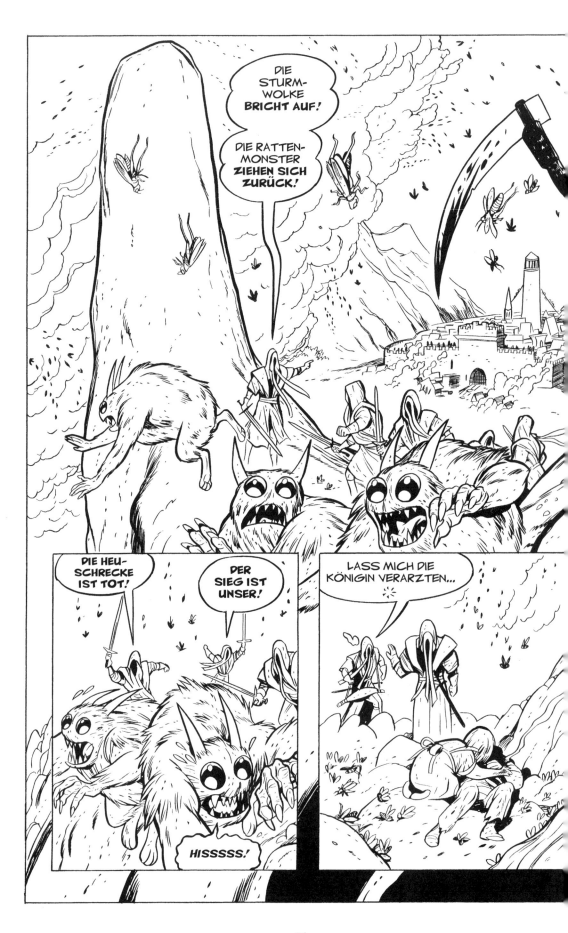

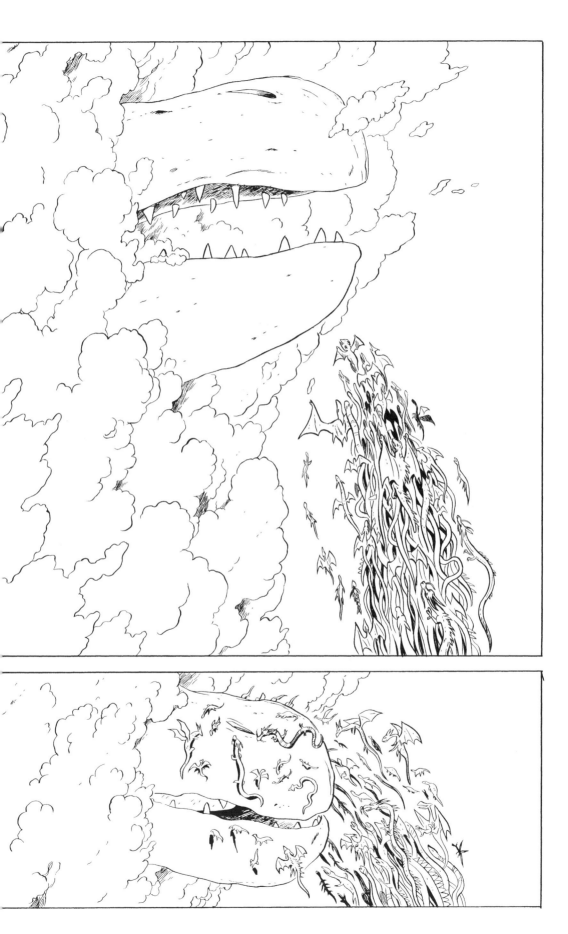

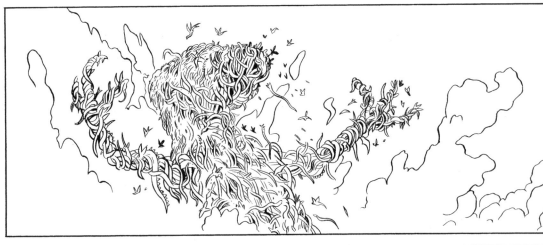

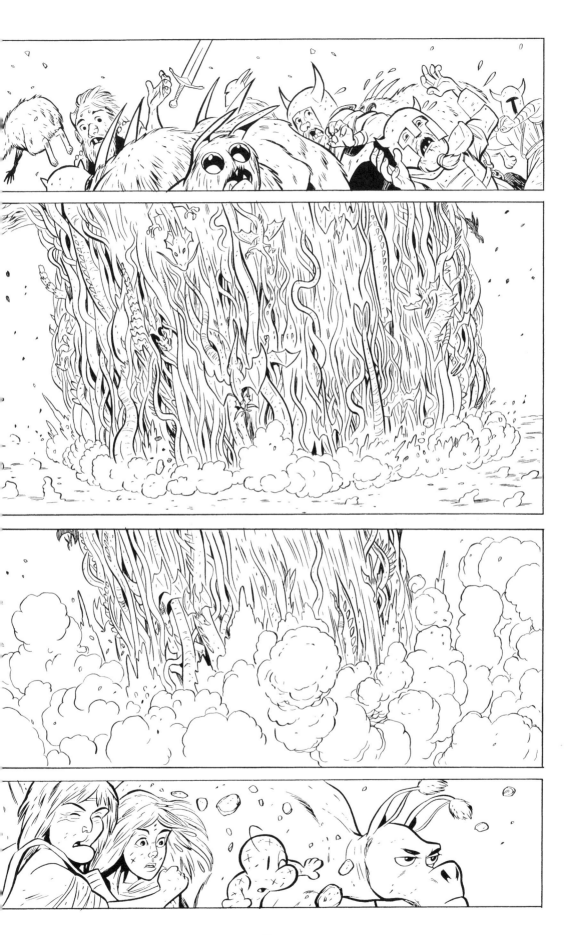

TANAELS DENKMAL, PLATZ DER KÖNIGIN, ATHEIA

KARTE DES TALS

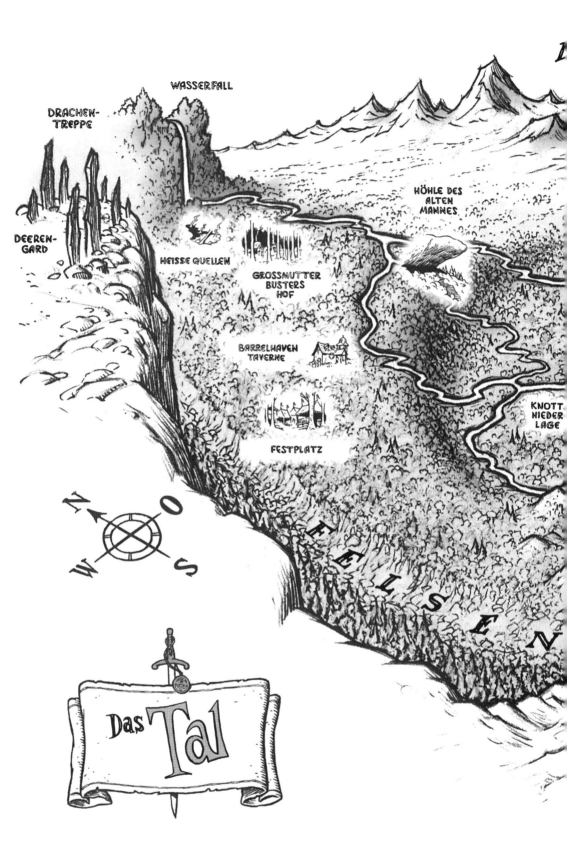

DANKSAGUNG DES AUTORS

Bei einem Projekt, dessen Fertigstellung sich über einen derart langen Zeitraum erstreckt hat, bin ich vielen Menschen zu Dank verpflichtet. Vor allem gilt mein Dank jedoch meiner Frau und Partnerin Vijaya Iyer. Nicht nur, dass Vijaya den Druck, den Vertrieb und die weltweite Lizensierung von »Bone« organisiert hat, wichtiger noch war, dass sie meinen großen schöpferischen Traum über zwölf Jahre mitgetragen und geteilt hat. Ohne sie hätte ich es niemals geschafft.

Eine vollständige Liste all derer, die uns hilfreich zur Seite gestanden haben, würde den Rahmen sprengen, doch die nachfolgend angeführten Freunde und Organisationen haben weit mehr und Größeres geleistet als Gefälligkeiten. Einige dieser Freunde kenne ich seit Kindheitstagen, andere haben sich bereits in eine bessere Welt verabschiedet. Danke Charles Vess, Jim Kammerud, Bonnie & Bill Smith, Randall Smith, Avaday & Krishna Iyer, Dan Root, Mike Brooks, Jennifer Oliver, Colleen Doran, Paul Pope, Terry Moore, Neil Gaiman, Bryan Talbot, Kathleen Glosan, Steve Hamaker, Todd Blind, *The Comics Journal,* Frank Miller, Heidi MacDonald, Lucy Caswell und *The Ohio State University Cartoon Research Library, The Lantern,*

Bob Chapman, Andreas Knigge, Stan Sakai, Sergio Aragones, Larry Marder, Jim Valentino und die Image-Jungs, Scott McCloud, Chris Oarr, Greg Bennett, *The Small Press Expo,* Don Thompson, Maggie Thompson und die Crew von *The Comic Buyer's Guide,* Linda Medley, Mark Crilley, Jill Thompson, Alex Robinson, James Kochalka, Sparky & Jeanie Schulz, Mark Cohen & Rosie McDaniels, *Planet Studios,* Dennis Kitchen, Steve Weiner, Jules Feiffer, Alex Ross, *The Museum of Comics and Cartoon Art,* Will Eisner, Art Spiegelman, Francoise Mouly, Diana Schutz, RC Harvey, *Wizard, Hogan's Alley, The National Cartoonists Society,* Mike Russell, Harlan Ellison, Kyle Baker, Mark Askwith, Liz Lewis, Mike Zarlenga, Wayne Markley, David Reed, Bruce Peck, Marv Wolfman, Tom Sniegoski, *Comic-Con International,* Randy Bowen, *Comic Images,* Craig Russell, Garrett Chin, Jeff Mason, Evan Dorkin, Judd Winick, Justin Chung, Shannon Wheeler, Tom Spurgeon, Mike Pawuk, Vince Waldman, Craig Thompson, Bob Fingerman, Dean Haspiel, Josh Neufeld, Carolyn Kelly, The Laughing Ogre, *Diamond Comics Distributors* und das schmerzlich vermisste *Hero Illustrated.* Zu guter Letzt danke ich allen Comic-Händlern für ihren Glauben in das Medium.